D1176531

Las botas mágicas de Pelé

Título original: *Samba Kicker – Die magischen Schuhe von Pelé*
Traducción: Ricard Díez
1.ª edición: mayo 2014

© 2014 Coppenrath Verlag GmbH & Co. KG, Münster, Germany.
All rights reserved
© Ediciones B, S. A., 2014
para el sello B de Blok
Consell de Cent 425-427 - 08009 Barcelona (España)
www.edicionesb.com

Printed in Spain
ISBN: 978-84-15579-93-9
DL B 7264-2014

Impreso por QP PRINT

Fabian Lenk

Las botas mágicas de Pelé

B DE BLOK

Barcelona • Madrid • Bogotá • Buenos Aires • Caracas • México D. F.
Miami • Montevideo • Santiago de Chile

1

El torneo

El balón planeó mansamente frente a la portería. ¡Era un centro medido! Tom dio un salto, y torció el cuerpo en el aire. «¡Esta la meto de cabeza!», pensó. En ese mismo segundo sintió el codo del defensa en sus costillas. ¡Falta intencionada! Tom se inclinó ligeramente hacia atrás, pero llegó a golpear el esférico, aunque lo hizo con la frente. El balón describió una parábola y voló hacia la portería, por encima del portero, que se vio sorprendido a media salida. Y botó poco antes de la línea de meta, trazada sobre la arena ardiente.

Tom cayó al suelo de mala manera, pero no sintió ningún dolor. ¡Solo tenía ojos para el balón, que rodaba hacia la portería vacía! Sonó el silbato del árbitro. «¡Gol!», gritaron a coro los Sambistas del Balón.

Tom se levantó sin perder tiempo, se sacudió la arena de las rodillas y corrió hacia Larissa, que acababa de servirle el centro magistral. Julia y Adriano, los otros dos Sambistas, se acercaron también a sus amigos, y los cuatro se dedicaron un aplauso.

La multitud de espectadores aplaudió igualmente el gol. La mayoría vestía camisetas de sus equipos. Los colores azul y amarillo, los de la selección brasileña, predominaban entre todos. También Pedro, el padre de Julia, que había acudido al partido al salir del trabajo, lucía una de esas camisetas; la suya con el nombre y el dorsal del habilidoso Ney-

mar, la figura del equipo. Pero se veían también camisetas de Alemania, de Francia, de Portugal o de España. Y no era de extrañar, después de todo acababa de empezar la Copa Mundial de Fútbol de Brasil, y aficionados del mundo entero invadían la gran metrópolis de Río de Janeiro. Dentro de pocos días —el 15 de junio— aquí, en el estadio de Maracaná de la capital, tendría lugar el primer partido del grupo F.

—¡Cuatro a uno, esto está ganado! —gritó Tom eufórico.

—Aún no cantes victoria —le advirtió Julia—. ¡Queda mucho partido!

Pero Tom se sentía en el séptimo cielo. Hoy ya había marcado tres goles, estaba en plena forma, y el partido no se les podía escapar. ¡Por nada del mundo! Sonó otra vez un breve silbato, y los rivales sacaron de centro. Tom ocupó su posición en la banda izquierda; el fornido Adriano se situó en medio, y su vivaracha prima Julia, en la banda derecha. Larissa —que además de centrar de maravilla era una excelente defensa, y siempre hacía gala de buenos reflejos entre los tres palos— se mantuvo atrás.

El balón llegó rodando a los pies del rival de Tom, un chico menudo con el pelo rizado. Tom lo encaró. El muchacho miró fugazmente hacia el centro, y Tom pensó que se disponía ya a centrar. ¡Error! El pequeño pasó el balón por entre las piernas de Tom, echó a correr y lo adelantó por un lado. ¡Un túnel, la mayor vergüeza!

Maldiciendo entre dientes, Tom corrió también tras su escurridizo rival, pero no logró impedir que este centrara desde la misma línea de fondo. Adriano, que bajó rápidamente a la defensa, intentó bloquear al delantero rival. Pero llegó tarde.

¡Uuuf!... El balón pasó veloz junto a Larissa, que nada pudo hacer, y se introdujo en la portería.

—¡Concentraos! —gritó Julia.

Tom miró al suelo consternado. Había sido culpa suya, tenía que haber impedido el túnel. Notó entonces la mano de Larissa posada en su hombro.

—Da igual —dijo—. Ahora les marcas tú otro, y estamos en paz.

Tom asintió con decisión. ¡También ese partido lo iban a ganar! Los Sambistas del Balón participaban en un torneo alevín de fútbol playa. Se celebraba en Copacabana, la célebre playa de Río, y se enfrentaban cuatro equipos. Los Sambistas ya habían ganado el primer partido por cinco goles a uno, y si hoy también conseguían vencer, tenían bastantes posibilidades de llevarse el torneo.

Saque de centro, esta vez para los Sambistas. Adriano conducía el esférico, y lo envió hacia Julia, que había iniciado la carrera. El pase no fue del todo exacto; un defensa se interpuso y logró interceptar el balón.

—Oh, no... —musitó Julia.

Después, un rápido cambio de juego del rival, luego una rosca certera, y el balón se coló en la portería. Los compañeros de equipo se volvieron hacia el goleador y celebraron juntos el gol.

—¡No puede ser! —protestó Larissa. Se la veía rabiosa—. ¡Ya solo cuatro a tres!

—¡Poneos las pilas! —gritó Pedro desde la banda. El padre de Julia era también un fanático del deporte rey. Trabajaba en la Confederación Brasileña de Fútbol, y entre otras cosas tenía a su cargo la organización de los siete partidos, de un total de sesenta y cuatro, que iban a celebrarse en Río. También la gran final tendría lugar en la ciudad, en el colosal estadio de Maracaná.

Pero allí, en la playa de Copacabana, y con el Pan de Azúcar de fondo, se oyó una vez más el silbato del árbitro. De nuevo los Sambistas sacaron de centro, a solamente noventa segundos del final del encuentro.

Tom conducía el balón, pero de momento no tenía opción de pase; Julia y Adriano sufrían un estrecho marcaje. «Mantén la calma, aguanta el balón e intenta ganar tiempo», se dijo Tom, concentrado al máximo. Devolvió el pase a Larissa, con tranquilidad. Los rivales corrieron excitados tras el balón: aspiraban al menos a empatar el partido. Larissa controló el cuero elegantemente... Pero vaciló un instante.

—¡Pásalo ya! —bramó Julia.

Dos jugadores rivales se avalanzaron hacia Larissa.

—¡Que lo pases de una vez! —gritó esta vez Adriano—. ¡No hagas el tonto!

Tom guardó silencio, y clavó los ojos en Larissa. La chica no solo era bastante deslenguada, también solía sorprender con sus ideas descabelladas. Y el riesgo le encantaba. También ahora...

Con sonrisa burlona, dejó que los dos rivales se le aproximaran. Después, elevó suavemente el balón por encima de ambos, echó a correr y los dejó atrás. ¡Un par menos! Enseguida Larissa lo envió hacia a Tom, y este se lo cedió a Adriano, que chutó a portería. ¡Un cacao imparable, el portero no tenía opción!... Pero el balón se estrelló contra el poste.

—¡No! —gritó Adriano, agarrándose la cabeza sin llegar a dar crédito.

El balón botó en la arena, y todos se abalanzaron a por él. Cuatro jugadores cayeron al suelo, entre ellos Adriano y Tom. Pero esta vez el silbato del árbitro se quedó mudo: tampoco él lo había visto claro. De alguna manera el balón salió rodando de entre el revoltijo de jugadores, y llegó mansamente a los pies de Larissa, que se había apartado a tiempo.

Larissa sacó de allí el balón, y lo envió hacia Julia, que lo clavó en la portería rival. ¡Era el cinco a tres! Y a solo unos segundos del final, el resultado era ya definitivo.

Poco después, los Sambistas del Balón estaban sentados en la playa, tras tomar un refrescante baño en el Atlántico. Pedro los acompañaba.

—¡Un partidazo! —dijo, dirigiendo la mirada a todo el equipo—. ¡Y ya van dos victorias!

—¡Es verdad! —gritó Julia—. ¡Y por eso estamos ya en la final!

—¿Y qué día la jugáis? —se interesó el padre.

—¡Pasado mañana a las tres! —respondió la hija al momento.

Pedro asintió.

—Intentaré estar allí para animaros. Pero ¿se lleva algún premio el campeón?

—¡Claro, una copa! —respondió Tom, señalando al quiosco de la playa—. El dueño la sufraga, porque no para de vender bebidas a la gente que viene a vernos jugar, a nosotros y a los demás equipos. —Tom sonrió.

»¡Le resultamos rentables!

El padre de Julia se mordió el labio. Después, chasqueó los dedos.

—Pues quizá yo también tengo una pequeña recompensa por vuestras dos victorias...

Los Sambistas lo miraron intrigados.

—¿Qué os parece si esta tarde visitamos la exposición especial en la galería del estadio de Maracaná? Y, por cierto, seríais los primeros en verla. Se inaugura mañana, y seguro que habrá una avalancha de gente. Pero puedo conseguir que entréis hoy —les dijo Pedro—. Porque yo mismo he organizado la exposición con el director de la galería, Victor Ferreira.

—¡Uau, sería alucinante! —gritó Tom enseguida.

Pedro ya le había hablado de la exposición. Tom, que habitualmente vivía en Hamburgo, había ido con sus padres a visitar a su prima Julia y a los padres de esta, y este año se quedarían en su casa cuatro semanas, por lo del Mundial de Fútbol.

—¿Y qué podremos ver allí? —preguntó después Adriano.

Los ojos de Pedro se iluminaron.

—Cualquier cosa que tenga que ver con la historia de Brasil en los Mundiales. Tenemos paneles con fotografías de gran tamaño, hasta ahora inéditas, que reflejan grandes momentos de la historia del fútbol brasileño. Por ejemplo, del primer título ganado por nuestra selección en 1958, contra Suecia, a la que derrotó por cinco a dos. O del Mundial del sesenta y dos, en Chile, donde nuestra selección logró conservar la copa. Y si queréis podéis escuchar un reportaje sobre el partido, en una grabación radiofónica de la época. Y exhibimos también numerosos documentos, objetos y fotos de jugadores célebres como Kaká o Ronaldo, que marcaron los dos goles contra Alemania en la final de 2002.

Tom asintió con la cabeza.

—Mi padre me enseñó un día el vídeo de ese partido. Oliver Kahn defendía la portería de Alemania. ¡Y en la delantera jugaban Miro Klose y Oliver Bierhoff!

—¡Exacto! —le confirmó Pedro—. Y quien lo desee puede ver esos goles en la exposición, o escuchar entrevistas. Además, hemos documentado un montón de anécdotas sobre internacionales brasileños desde 1950: sus pequeñas manías, sus mascotas, sus apodos. Pero la gran sensación son las botas de Pelé.

—¿Qué? ¿Exponéis sus botas? —preguntó incrédula Larissa.

—¡Sí! —gritó el padre de Julia—. Al fin y al cabo, Pelé es nuestra máxima estrella. ¡El único jugador que ha sido tricampeón del mundo! Ningún otro futbolista ha cosechado más éxitos que él. Pelé nos cedió las botas con las que ganó su último Mundial, en 1970.

Y para nuestra actual selección nacional, esas botas tienen un valor muy especial: los jugadores las consideran un talismán, como seguramente sabéis.

Los Sambistas del Balón asintieron.

—Y ahora exhibiremos esas zapatillas mágicas para

el mundo entero. ¡Y aquí, será en nuestra ciudad! —prosiguió Pedro con orgullo.

—¡Genial! Esas botas tengo que verlas yo —dijo Tom, mientras se sacaba su querido *smartphone* del bolsillo—. Y pienso sacarles una foto, para colgarla

en mi Facebook. ¡Mis amigos de Hamburgo se morirán de envidia, ya lo creo!

Pedro se echó a reír.

—Puedes hacer tantas fotos como desees. ¡Después de almorzar iremos enseguida al estadio!

2

La sombra en la galería

La vivienda de los padres de Julia se hallaba en el elegante barrio de Lagoa, no muy lejos del célebre Jardín Botánico de Río de Janeiro.

También hoy, Pedro andaba atareado en la cocina. Cocinar le encantaba. El aroma empezaba a ser irresistible.

Mientras tanto, sentados en el salón comedor estaban Tom, su prima Julia y los padres del chico, Nuno y Leticia. Ambos eran brasileños de origen, pero hacía ya muchos años que decidieron emigrar a Alemania, por sus mejores expectativas de trabajo. También Larissa y Adriano, y la madre de Julia, Heike, se habían añadido al grupo. Hablaban, cómo no, del Mundial de Fútbol, y de las buenas posibilidades de Brasil de hacerse con el título, dado que jugaban en casa. Nadie en la mesa dudaba de que serían los campeones.

—¡Listo! ¡Esto ya está! —sonó la voz de Pedro desde la cocina—. ¿Me echáis una mano?

Los Sambistas se levantaron de un brinco y acercaron a la mesa el carrito con los exquisitos *mankares*. De entrada saborearon un *tacatá*, una sopa condimentada con chile; a continuación, como plato principal, un pescado cocido en leche, llamado *piraucú*, con arroz y crema de cangrejo. Julia, que era capaz de devorar montañas de dulces, celebró más que nadie el postre, cuyo nombre era *canjica*, una mezcla de maíz, leche y bastante azúcar.

Hacia las nueve y media, los Sambistas del Balón salieron de la casa junto con Pedro, y se dirigieron en coche al gigantesco estadio de Maracaná, situado en el barrio del mismo nombre. Comenzaba a hacerse oscuro.

Avanzaban muy despacio, pues como de costumbre, en las calles de Río reinaba un caos absoluto. Un sinfín de aficionados al fútbol del mundo entero se agolpaban en los bares, cafés y puestos callejeros, y en todas partes se veían televisores encendidos. Tom observó desde el coche que en casi todos ellos se emitían partidos del Mundial. Sin duda Río estaba poseída por la fiebre del fútbol.

Por fin llegaron al estadio, y enseguida encontra-

ron un lugar donde aparcar. Eran las diez de la noche. Pedro los acompañó a la galería y llamó por su móvil a Victor Ferreira, que les abrió la puerta.

—¡Buenas tardes! —exclamó un hombre bajito y rechoncho, calvo y con bigote—. ¡Sois los primeros visitantes de nuestra exposición! ¡Estoy impaciente por saber qué os parece!

Lleno de orgullo, el director de la galería los condujo a través de su feudo. Los Sambistas contemplaban una a una todas las fotos de la exposición, escuchaban antiguas y apasionantes retransmisiones radiofónicas y admiraban filmaciones en blanco y negro de los años sesenta, cuando aún no existía la cámara lenta y las voces de los comentaristas tenían un extraño sonido metálico. Sala tras sala, se adentraban cada vez más en la historia del fútbol de Brasil, leían de cabo a rabo los historiales de estrellas inolvidables, como el del hábil regateador Garrincha, dos veces campeón del mundo, o el de Sócrates, el genial centrocampista, que al terminar su carrera como futbolista ejerció como pediatra. De vez en cuando, Tom sacaba una foto con su *smartphone*.

Durante la visita se cruzaron con un hombre vestido de uniforme, que iba deambulando por las salas. Este los saludó brevemente, levantándose la gorra, y se perdió después por un largo pasillo.

—Es nuestro vigilante —explicó Ferreira—. Se encarga de que no desaparezca nada. Algunos de los objetos expuestos son de gran valor.

—¡Sí, por ejemplo las zapatillas de Pelé! —gritó entonces Julia.

—¡Exacto! —le confirmó Ferreira—. Pero esas zapatillas no solo son valiosas porque traen suerte a nuestra selección nacional. Cualquier cosa que llevara Pelé en los partidos de aquel Mundial se vende a precios desorbitados: ¡por la camiseta que vistió en la final de 1970, contra Italia, se pagaron doscientos cincuenta y un mil euros en una subasta! ¡En aquel partido, que ganamos por cuatro a uno, el propio Pelé marcó un gol y sirvió un par más!

Tom escuchaba impresionado. Ese Ferreira era una enciclopedia ambulante en cuestión de fútbol.

—Pero ¿dónde están las botas? —preguntó Larissa, que ansiaba poder admirar las viejas y sagradas zapatillas.

—Todo a su tiempo —respondió sonriente el director de la galería—. Primero vamos a visitar la sala donde exponemos los curiosos amuletos de nuestros futbolistas.

Ferreira se adelantó a los chicos; estos lo siguieron.

Al mismo tiempo, fuera del estadio, un hombre se aproximaba a la parte posterior de la galería. Cojeaba ligeramente: era el recuerdo de una herida de bala, recibida durante una disputa entre dos bandas mafiosas tiempo atrás. Hoy, trabajaba por su cuenta. Solo, rápido y eficaz. Sus aliados ya no eran imprevisibles mafiosos de medio pelo que a la mínima echaban mano de sus pistolas, sino la noche y la oscuridad.

También ese hombre llevaba una pistola cargada durante sus más que lucrativas incursiones, pero solo

por si acaso, y ya hacía tiempo que no la utilizaba. A fin de cuentas, él no era un asesino, sino un atracador y un ladrón.

Con suma precaución, iba aproximándose al estadio. El hombre se dirigió a un pequeño parque, donde se mantuvo agazapado detrás de un arbusto. A diez metros escasos de allí, había una puerta. Y justo por esa puerta, el ladrón pretendía acceder a la galería. Sin forzar nada, pues en tal caso no haría más que activar el sistema de alarma. Tarde o temprano se acabaría abriendo esa puerta. Solo era cuestión de esperar.

No era la primera vez que el criminal se encontraba allí. Durante las últimas noches, había permanecido al acecho detrás de la galería, estudiando los hábitos del vigilante. Este fumaba como un carretero, y como en las salas de la exposición no estaba permitido, debía hacerlo en la calle.

Transcurrió media hora sin que la puerta se moviera. «¿Habrá dejado de fumar? —se preguntó el ladrón, mirando desesperado al cielo—. ¿Precisamente hoy?»

Se oyó un chirrido, y el ladrón clavó de nuevo los ojos en la puerta.

¡Por fin! La puerta se abrió y apareció una sombra. ¡Tenía que ser el vigilante! Una cerilla se encendió, después se vio la punta roja de un cigarro.

«¡Bingo!», pensó satisfecho el individuo. Su pulso empezó a acelerarse.

El hombre uniformado comenzó a andar. Como en las noches precedentes, recorría de un lado a otro la fachada posterior de la galería. «¡Sigue, sigue, sigue!», lo alentaba en silencio el ladrón, mientras se tapaba el rostro con una media y se ponía unos guantes de tela fina. Después se colocó en posición, como un velocista en la línea de salida.

Cuando el vigilante casi había llegado a la esquina del edificio, el individuo empezó a caminar, a espaldas de él, llegó con su paso cojo hasta la puerta y la cruzó antes de que el hombre de uniforme se volviera.

Sigilosamente, y evitando hacer ruido con las suelas, el ladrón se adentró en un pasillo que conducía a las salas de exposición. Allí se detuvo un instante, y trató de orientarse. ¿Dónde estaría el bonito par de botas que había venido a buscar?

De pronto oyó tras él un ruido que lo puso en alerta. ¡Era el chirriar de una puerta! Sin duda el vigilante ya había regresado de su pausa. ¿Tan deprisa? Sin darle más vueltas, el ladrón se escurrió por la abertura más cercana, y accedió a una sala repleta de útiles de limpieza. Después cerró la puerta, aunque no del todo. Dejó una rendija por donde podía observar el pasillo.

El vigilante pasó junto a él, arrastrando pesadamente los pies, y se aproximó a una garita acristalada. Allí se dejó caer a plomo en una silla, frente a un ordenador. El criminal salió del cuarto sin hacer ruido y, medio agachado, pasó rápidamente a unos metros de la garita de cristal. Una ojeada fugaz le reveló que el vigilante no parecía tomarse muy en serio su trabajo: se dedicaba a navegar por Internet.

«¡Perfecto!», pensó el criminal, y accedió a la exposición sin ser advertido.

Los Sambistas del Balón estaban junto a Pedro y a Victor Ferreira, frente a una de las vitrinas de la exposición. Su contenido —un osito de peluche, un amuleto, un chupete y una diminuta figura que representaba a Nike, la diosa griega de la victoria— acababa de describírselo el comisario de la exposición con todo lujo de detalles. Tenía una divertida anécdota que contar sobre cada uno de los objetos. Pero ahora Pedro y Ferreira estaban enzarzados en una conversación técnica acerca de la vitrina. Se planteaban si no sería mejor buscarle un nuevo emplazamiento.

Pero a los cuatro Sambistas les interesaba más bien poco.

—Quiero ver de una vez las botas de Pelé —susurró Larissa entre dientes.

—¡Y yo! —aseveró Adriano.

Tom miró a los dos expertos, que hablaban de sus cosas junto a la vitrina.

—¿Qué tal si nos movemos un poco? —preguntó—. Ya nos seguirán. —Los demás se mostraron de acuerdo con la propuesta, y los cuatro se pusieron en marcha.

—¡Eh, esperad! —gritó entonces Pedro.

—Solo vamos aquí al lado a echar un vistazo —repuso Julia, sin aflojar el paso.

Julia, Tom, Larissa y Adriano llegaron a la sala contigua, donde se exhibían balones de todo tipo y de todas las épocas.

De pronto, Tom se detuvo. Había oído un ruido, un leve chirrido, como si alguien caminara sobre baldosas con zapatillas deportivas. El joven se acercó un dedo a los labios.

—¿Qué ocurre? —preguntó Julia.

—¿Habéis oído eso? —respondió en voz baja.

—No. ¿Oído qué?

—Era un ruido. Venía de allí. —Tom señaló hacia un pasillo—. Seguro que allí hay alguien...

—Será el vigilante haciendo su ronda —dijo Larissa, encogida de hombros.

—Sí, puede ser —respondió Tom—. Pero aun así me gustaría ir a echar un vistazo.

Tom se adelantó a los demás y entró en un corto

pasillo, al que también daban las puertas de los lava-bos. Ante los cuatro amigos apareció una nueva sala de exposición, en la que un gigantesco Pelé les dedica-ba una sonrisa desde un cartel. En el centro de la sala había otra vitrina, y allí...

A Tom se le cortó la respiración. ¡Allí mismo había un hombre vestido con un traje oscuro! ¡Se movía de un lado a otro de la sala, iba enmascarado y llevaba un par de botas de fútbol en la mano! Tom no dudó ni un instante de que se trataba de las zapatillas mágicas de Pelé.

Durante unos segundos, los Sambistas del Balón y

el criminal se quedaron mirándose frente a frente, como si estuvieran todos paralizados. El ladrón fue el primero en iniciar el movimiento, y se dio a la fuga con las zapatillas bien agarradas contra el cuerpo. Tom advirtió que el tipo cojeaba ligeramente. El muchacho aún era incapaz de mover un músculo. Bien al contrario que su amigo Adriano.

—¡Lo atraparemos! —gritó el muchacho, y salió disparado hacia el ladrón, arrastrando consigo a las chicas. Solo entonces, Tom consiguió salir de su agarrotamiento, y también él se unió a los perseguidores.

Pero de repente el ladrón se volvió hacia ellos mientras seguía huyendo. ¡Tenía una pistola en la mano!

—¡Oh, no! —musitó Adriano, y frenó de manera tan brusca que por poco los demás lo derriban.

El ladrón los apuntaba con su arma.

A Tom le dio un vuelco el corazón. Los cuatro retrocedieron en el acto y corrieron a refugiarse detrás de unas sillas.

Tom escrutaba desde su escondite, muerto de miedo. El pasillo estaba vacío, y el tipo de la pistola, con las botas de Pelé, había desaparecido.

Los Sambistas volvieron con Pedro y con Ferreira, y los pusieron al corriente.

—¡Dios mío! —gritó el director de la galería, al

plantarse ante la vitrina vacía—. ¡Precisamente las botas de Pelé! ¿Cómo ha podido ocurrir?

—Ha hecho un corte en la vitrina —advirtió Pedro—. Quizá con un cortavidrios. ¿No hay sistema de alarma?

—Sí, pero solo para puertas y ventanas —admitió Ferreira, con gesto compungido—. Por razones económicas. Y el interior ha de vigilarlo nuestro propio personal de seguridad. Y hablando de vigilar... ¿Dónde se ha metido ese inútil?

Ferreira bramó un apellido, y poco después apareció el hombre uniformado, al que los Sambistas habían visto fugazmente unos minutos antes.

Ferreira lo estrujó entre sus manos. Con un hilo de voz, el vigilante confesó haber estado navegando por Internet.

—¡Mira qué bien! ¡Supongo que tendrá claro que eso le va a costar su puesto de trabajo!

Ferreira seguía increpando al hombre, mientras Pedro avisaba a la policía. Entretanto, Tom miraba alrededor de la caja acristalada. En el suelo había un trozo de cristal rectangular que el ladrón debió de cortar para robar las zapatillas mágicas. Pero había algo más.

Tom se agachó.

—Mirad, es una flor de color rosa —dijo a sus amigos.

Adriano y las chicas observaron con interés su hallazgo.

—¿Cómo habrá llegado hasta aquí? —pensó Julia en voz alta.

—Buena pregunta —respondió Tom—. Una flor no pega en esta exposición. Quizás ese ladrón acaba de perderla.

—¡Entonces esta flor es una pista consistente! —exclamó excitada Julia.

—¿Y qué flor es? —se interesó Adriano.

—Otra buena pregunta... —murmuró Julia—. Pero tengo una idea: mañana se la enseñaré a mi profesora de biología. Seguro que ella sabe de qué planta se trata.

Tom le entregó la flor, y Julia la guardó con cuidado. En ese instante se oyeron sirenas.

—Debe de ser la policía —intuyó Larissa.

Y estaba en lo cierto. En menos de tres minutos, varios agentes inspeccionaban la exposición. Enseguida tres policías comenzaron a apretar las cuerdas al vigilante, querían saber por qué no se había percatado de la incursión del ladrón. De hecho, ni en las puertas ni ventanas exteriores había rastro alguno de violencia.

—¿No será que usted dejó entrar al ladrón? —rechinó la voz de un policía—. ¿Están los dos conchabados?

—¡Claro que no! —se defendió el vigilante—. ¡Yo tampoco le encuentro explicación!

—Sí, claro... —replicó el policía, estirando el cuello, mientras daba unos golpecitos con el dedo en el pecho de su interlocutor—. Pase a verme en comisaría mañana a las ocho de la mañana. Aún tengo unas cuantas preguntas que hacerle. Ahora lo que urge es examinar detenidamente el lugar del delito.

Los agentes se dispersaron, interrogaron a Pedro, también a Ferreira, tomaron sus notas e hicieron montones de fotos. A los Sambistas no les prestaban atención.

Por fin Julia se decidió a acercarse a un policía para enseñarle la flor. El agente, un tipo con cara redonda y gruesas mejillas, llevaba unos guantes blancos, e intentaba recoger huellas digitales. Parecía bastante estresado.

—Hemos...

—¿Qué quieres tú? —le interrumpió indignado el hombre.

—Eso trataba de decirle. Antes hemos...

Pero tampoco esta vez el policía la dejó continuar.

—¡Dejad de revolotear por aquí, estorbáis!

Julia se puso seria.

—¡Yo no revoloteo! —le aclaró.

Tom le lanzó una mirada de advertencia. Julia era una chica demasiado inquieta, y en ocasiones su carácter la traicionaba.

El policía se irguió y miró a Julia con la vista torcida.

—Escucha, niñata: ¡acaban de robar las zapatillas de Pelé, y no sé si tienes idea de lo que eso significa para el Mundial y para nuestra selección! Tenemos que recuperar esas zapatillas, y sin tiempo que perder. Ese es nuestro trabajo, y tú ahora mismo molestas. ¿Me has oído? ¡Molestas!

Julia se volvió hacia sus amigos, enfurecida, y se los llevó a un lado.

—¡El muy cretino! —le espetó—. ¿Qué se habrá creído?

—Cálmate —le sugirió Tom—. Si se pone así no le enseñaremos la flor a él, sino a tu profesora. ¡Estoy impaciente por saber qué nos dice!

—Está bien —dijo Julia, aún refunfuñando—. ¡Porque quizá nosotros sí tenemos una pista fiable, y no ese cantamañanas!

3

Victoria regia

A la mañana siguiente, Tom se esforzaba por seguir los pasos de Julia. Ambos se dirigían a la escuela de Julia, situada también en el barrio de Lagoa. Cuando el muchacho se encontraba en Río, asistía de vez en cuando a las clases con su prima. El profesor, pero también los compañeros de Julia, conocían a Tom de ocasiones anteriores, y todos le apreciaban.

Pero hoy el muchacho tenía una buena razón para visitar la escuela. Estaba ansioso por saber si la profesora de biología podría identificar aquella flor. Julia estudiaba en una escuela católica privada. Era, por tanto, un centro de pago, pero en compensación la enseñanza era de mayor calidad que en las escuelas públicas, la mayoría de las cuales estaban precariamente equipadas. Adriano y Larissa, cuyos padres no podían permitirse pagar un centro privado, estudiaban en una de esas escuelas públicas.

La clase de biología, que duraba un par de horas, se impartía a última hora de la mañana. La profesora, Matilda Lopez, era una mujer bajita y escuálida que llevaba unas aparatosas gafas. No solía sonreír, pero sí poner malas notas, y entre sus alumnos era considerada un auténtico hueso.

La clase de hoy versaba sobre la estructura del esqueleto humano. Tom y Julia esperaron impacientes, hasta que por fin sonó la campanilla y sus compañeros de clase salieron en tropel del aula. Los dos Sambistas se acercaron tímidamente a la profesora.

—¿Qué se os ofrece? —les preguntó, levantando las cejas.

—He encontrado una flor que me gustaría enseñarle —dijo Tom—. Queríamos saber de qué planta se trata...

El muchacho hurgó en el bolsillo de su pantalón y extrajo un sobre, en el cual guardaba la flor. La profesora, que no ocultó su interés, se inclinó sobre el hallazgo.

—Solo puede tratarse de...

Por un momento vaciló, y aproximó aún más su rostro a aquella flor rosada. Era evidente que la mujer padecía hipermetropía.

Tom y Julia la observaban con curiosidad.

—Hummm... —dijo la profe *de bío*. Y después, otra vez—: Hummm..., podría... sí, podría ser...

—¿Qué? —soltó impaciente Tom.

La señora Lopez lo fulminó con la mirada.

—¡Debo concentrarme, así que no me interrumpas! —le ordenó.

—No, claro que no —dijo enseguida el muchacho—. Solo quería...

—¡Que te calles! —lo cortó en seco la profesora. A continuación limpió minuciosamente sus gafas, miró

39

una vez más la flor, aún con mayor detenimiento, y concluyó con solemnidad:

—¡*Victoria regia!*

—¿Hummm? —preguntó Tom.

Matilda Lopez suspiró y dijo:

—¿Qué diablos os enseñan en Alemania? Estudiamos esta planta el año pasado, ¿verdad, Julia? La *Victoria regia* es la variedad de nenúfar de agua más grande del Amazonas. Sus hojas pueden alcanzar un diámetro de hasta un metro y veinte centímetros. Los tallos alcanzan hasta cinco metros de longitud. Crecen en el agua, y su nombre se debe a la reina Victoria de Inglaterra. Y una cosa más: esta planta se da únicamente en un lugar muy concreto de Río.

—¿Dónde?

—¿Dónde va a ser? En nuestro jardín botánico —respondió la profesora—. Es una de las principales atracciones. ¡Y ahora tengo que irme! —Y abandonó precipitadamente el aula.

—El jardín botánico —murmuró Julia—. No está muy lejos de aquí. ¿Qué tal si vamos esta tarde a echar un vistazo?

—¿Crees que podríamos encontrar alguna pista?

Julia asintió con seguridad.

—¡Es posible! Dando por hecho que el ladrón perdió esa flor en el lugar del delito. ¡Quizás el tipo trabaja en el jardín botánico!

Tom se frotó las manos.

—¡Genial, tenemos una pista de las buenas!

Cuando los dos muchachos llegaron a casa, a primera hora de la tarde, enseguida Julia se dispuso a llamar a Larissa y a Adriano, para que los acompañaran al jardín botánico. Pero de pronto se vio obligada a cambiar de planes.

—A las cuatro tiene lugar una conferencia de prensa en la galería, por lo del robo —dijo Pedro, que solía ir a almorzar a casa siempre que su trabajo se lo permitía—. Y por supuesto yo estaré allí. Podéis venir conmigo. Quizá la policía ya haya averiguado algo.

—¡O quizá ya han recuperado las botas! —dijo esperanzado Tom—. Pero claro que iremos contigo, ¿verdad?

—Por supuesto —aseveró Julia.

Julia informó a los otros dos Sambistas, Larissa y Adriano, que prometieron ser puntuales.

En la pequeña sala de reuniones que Ferreira, el director de la galería, había escogido para celebrar la conferencia de prensa, se agolpaban periodistas, fotógrafos y técnicos de radio y televisión. Los flashes parpadeaban sin cesar, se oían cuchicheos y murmullos. Los Sambistas permanecían en el fondo de la sala, observando atentos cuanto acontecía frente a ellos. Ferreira estaba sentado tras una mesa, con Pedro a un lado y un comisario de policía al otro. Tenían delante un espeso ramo de micrófonos. Ferreira estaba pálido, y se le notaba nervioso. Miraba su reloj una y otra vez.

En ese momento, por detrás de Ferreira se abrió una puerta, y un murmullo recorrió el enjambre de periodistas. Julia no salía de su asombro. Pero... Pero si era... ¡Ni más ni menos que Pelé! ¡El gran, el irrepetible Pelé! En el acto se desató una lluvia de flashes.

Pelé saludó a los presentes con una sonrisa cordial,

pero sus ojos revelaban tristeza. El astro parecía tenso cuando se sentó junto a Pedro. Enseguida unos cuantos micrófonos cambiaron de posición.

Ferreira se aclaró la voz, ruidosamente, e inició la rueda de prensa. De entrada comunicó que la inauguración de la exposición, prevista para esa misma tarde, debía ser aplazada. Finalmente informó de la incursión de un individuo en la galería, y del robo de las zapatillas mágicas de Pelé.

Los periodistas lo escucharon perplejos.

—Esas zapatillas no solo valen una fortuna —prosiguió Ferreira, con el semblante afligido—. También son el amuleto de nuestra selección en este Mundial.

—Sí —le confirmó Pelé—. Me sentí muy honrado cuando la selección decidió confiar en mis viejas botas. Las calcé en 1970, cuando gané mi último Mundial. Amo esas botas, me cuesta separarme de ellas, pero no dudé ni un segundo en ponerlas a disposición de nuestros jugadores. Y ahora, han volado...

—¿Tienen ya alguna pista fiable? —preguntó una periodista al comisario. Este levantó ambas manos, y de nuevo se encogió sobre la mesa.

—Bueno... —empezó el policía—. Como pueden imaginar, hemos registrado a conciencia el lugar del delito, pero no hemos encontrado nada que nos pueda servir.

«¡Porque no quiso escucharnos!», pensó Julia, que no pudo evitar irritarse otra vez.

—Hemos organizado una gran redada —explicó el comisario—. Una unidad especial se ocupa exclusivamente de este caso.

—¿Y el autor? ¿Ha dado ya señales de vida? —se interesó otro periodista—. ¿Ha exigido un rescate a cambio de las zapatillas mágicas?

El policía lo negó con un gesto.

—Ya sé por dónde va: *art-napping*. Alguien roba una obra de arte, o un objeto valioso, y extorsiona después al propietario. Pero, como le he dicho, el autor aún no ha establecido contacto con nosotros.

Julia miró a sus amigos. Estaba claro: la policía aún

no tenía ninguna pista consistente. ¡Pero los Sambistas tal vez sí! ¡Y esa pista se llamaba *Victoria regia*! De repente la muchacha sintió el deseo de marcharse. ¡Pero por nada del mundo iba a hacerlo sin antes conseguir un autógrafo de Pelé! Una ocasión como esa no se presentaba cada día.

4

Misión especial

—¡Mis amigos de Hamburgo se morirán de envidia! —exclamó Tom con regocijo cuando los cuatro Sambistas abandonaron por fin la sala de conferencias. Loco de contento, agitaba en el aire el autógrafo que, como también a Julia, Larissa y Adriano, acababa de firmarles Pelé.

En el exterior se oyeron puertas de coches cerrándose a la vez, y el enjambre de periodistas se fue disolviendo. Solo Pedro, Ferreira, Pelé y el comisario permanecían todavía en la galería.

—¡Vamos al jardín botánico! —apremió Tom, y echó a andar hacia la estación de metro más cercana.

El Jardín Botánico de Río de Janeiro se encuentra en las inmediaciones de la Lagoa Rodrigo de Freitas, una laguna de casi dos millones y medio de metros cuadrados con dos hermosos islotes. Su gran masa de agua se alimenta de varios arroyos que descienden de los cerros vecinos. Un canal conecta la laguna con el océano Atlántico, situado a poca distancia.

Julia condujo a sus amigos hasta la entrada del jardín botánico. Al poco rato, los ruidos de la gran urbe se fueron desvaneciendo. Los muchachos se adentraron plácidamente en aquel oasis de calma, y llegaron poco después a un bulevar con surtidores, flanqueado por palmas reales de quince metros de altura. En sus copas trinaban montones de aves, a cual más vistosa; entre ellas papagayos y colibrís. De vez en cuando, gigantescas mariposas de elegantes colores revoloteaban a su paso. Después, los cuatro amigos llegaron a una zona donde se exhibían miles de especies diferentes de orquídeas.

—¡Qué colorido! —exclamó Tom, perplejo, al contemplar aquella infinidad de tonalidades llamativas y fluorescentes. ¡Todo un festival para la vista!

—Sí, son preciosas. Pero ¿dónde está nuestra *Victoria regia*? —preguntó Larissa.

Los Sambistas se detuvieron frente a un cruce, y escrutaron atentamente a su alrededor.

—Pero mi profesora nos explicó que es una planta

acuática —dijo Julia—. ¡Así que tendremos que buscarla en algún estanque del jardín!

Al cabo de un rato consiguieron dar con ella. Los cuatro estaban parados frente a un gran estanque, en cuyas aguas flotaban hojas de tamaño gigante. Tenían el borde doblado hacia arriba, y por su forma y tamaño a Tom le parecieron grandes bandejas redondas. Y en el centro de la planta acuática, el muchacho observó una red de venas finas.

—¡Mirad, la planta tiene flores rosadas! —gritó excitado.

—¡Bingo! ¡Hemos encontrado a la reina! —celebró

Larissa, que había descubierto un cuadro explicati-
vo—. ¡No hay error posible! ¡Aquí lo dice muy claro!

—¡Eh, chicos! —dijo de pronto Julia—. Mirad a la
izquierda con disimulo...

También Tom volvió la vista. Por un instante con-
tuvo el aliento. Frente a ellos caminaba un hombre,
vestido con una sencilla ropa de trabajo, que cargaba
sobre sus hombros un bieldo y un rastrillo. Estaba
claro que era un jardinero.

¡Pero el hombre en cuestión cojeaba ligeramente!

—¡El ladrón también cojeaba! ¿No os acordáis?
—susurró Julia.

—Es verdad —asintió Tom en voz baja—. Podría ser nuestro hombre. ¡No hay que perderlo de vista!

Los Sambistas del Balón se sentaron en un banco, haciendo ver que se tomaban un respiro mientras contemplaban el precioso estanque. Pero en realidad no quitaban el ojo de encima al sospechoso. El hombre, un tipo bastante corpulento, pescó basura y unas cuantas ramas del agua; después juntó flores caídas con el rastrillo. Finalmente, conversó unos minutos con una compañera.

Cuando dieron las cinco de la tarde, el hombre se dirigió a un cobertizo, y guardó allí sus útiles de trabajo.

—Seguro que ya ha acabado su jornada —supuso Tom—. Tenemos que seguirle los pasos. ¡Quizá nos conduzca al lugar donde tiene escondidas las botas mágicas de Pelé!

—Eres muy optimista —dijo Adriano—. Pero por intentarlo que no quede.

El sospechoso abandonó el espléndido jardín y giró a mano izquierda por la calle Pacheco Leão, que transcurría paralela al parque.

Los Sambistas seguían de cerca al sospechoso, y observaron cómo entraba en un pequeño edificio bastante deteriorado. Enfrente había un quiosco, donde además de refrescos y chucherías se podían comprar banderas, camisetas y balones de fútbol.

—¿Habrá escondido las botas en ese tugurio? —reflexionó Tom en voz alta.

—Eso lo averiguaremos enseguida. Pero ¿y la policía?... —dijo Julia—. ¿No deberíamos contárselo?

Tom negó con la cabeza.

—¿Y si estamos equivocados? De ser así, habríamos sospechado injustamente del jardinero. Y la bronca que nos caería la tendríamos bien merecida.

Larissa asintió.

—Por desgracia Tom tiene razón. Necesitamos una prueba de que él es realmente el ladrón, de lo contrario la policía nunca nos creerá.

—Sí, es verdad... —dijo Julia, algo nerviosa—. Pero lo único que tenemos es esa flor que encontramos junto a la vitrina. Y la policía no le hizo ni caso. ¿O es que no os acordáis?

—Claro que sí —repuso Larissa.

Los cuatro amigos se sumieron en un silencio denso.

—Tenemos que entrar como sea en esa casa —concluyó Larissa, y miró uno por uno a los demás.

—Pero... ¿cómo? —preguntó Adriano.

—Tenemos que hacer salir al jardinero —dijo Larissa con una sonrisa burlona—, así uno de nosotros podrá entrar en su casa para registrarla.

Julia sonrió.

—Es un buen plan, pero ¿cómo lo llevaremos a cabo?

—Fácil —dijo Larissa con aire de conspiradora, y confió a los demás su plan.

»Bueno... y ahora necesitaremos un voluntario —dijo al concluir—. ¿Qué tal tú, Tom?

—¿Yo? Ah, sí, ¿por qué no?

—¡Perfecto! ¿Entonces, a qué esperamos? —exclamó contenta Larissa. A continuación se acercó al quiosco y compró un balón, pequeño y duro.

Después, los Sambistas se separaron. Larissa, Julia y Adriano se dirigieron a la vivienda del jardinero, mientras Tom permanecía escondido detrás de un microbús aparcado, mirando fijamente al portal del edificio.

Vio entonces cómo Larissa chutaba el balón y lo enviaba de lleno hacia una de las ventanas del sospechoso. El cristal saltó en mil pedazos, con el estrépito consiguiente.

La reacción no se hizo esperar. El jardinero apareció por la puerta enrojecido de rabia.

—¿Habéis sido vosotros? —bramó, clavando la mirada en los tres muchachos.

—¡Pues claro! —soltó Larissa con todo descaro, y sin más continuó andando. Los otros dos la siguieron, también sin inmutarse.

—¡Quedaos donde estáis, tenéis que pagarme los daños! —les gritó enfurecido el sospechoso.

Pero Larissa se limitó a negarlo con el dedo.

—¡Esperad! —gritó el hombre, mientras salía cojeando del portal—. ¡Ahora os vais a enterar!

La mirada de Tom permanecía clavada en la puer-

ta, que en ese momento el jardinero cerró de un portazo. «¡Oh, no!», pensó el muchacho. Pero hubo suerte: el resbalón de la cerradura se quedó a medias. Ya podía entrar. ¡Tal como Larissa había planeado!

Los amigos de Tom aceleraron ligeramente el paso, aunque sin dejar nunca una distancia excesiva entre ellos y su perseguidor. Querían atraerlo lo más lejos posible de su casa.

«¡Ahora!», pensó Tom, y salió disparado de su escondite. Echó un vistazo alrededor: nadie a la vista. «¡Muy bien, adelante!» Tom se deslizó por la puerta y fue a dar a un estrecho pasillo donde apenas corría el aire, con una bombilla desnuda en el techo.

«¿Por dónde empiezo?» El joven vaciló.

«¡Date prisa! —se ordenó—, seguro que no te queda mucho tiempo.» Tom no quería ni pensar en lo que ocurriría si aquel hombre lo pillaba en su casa.

A la derecha había otra puerta. El muchacho la abrió de un empujón: una pequeña sala de estar, un diván, dos sillones con los brazos gastados, una diminuta mesa con un cenicero hasta arriba... En un rincón había un televisor anticuado, y a su lado un equipo de música cubierto de polvo. Frente a la ventana, el suelo de linóleo estaba repleto de cristales. Como único adorno, colgados en las paredes, había pétalos

de flor enmarcados. A la derecha de la ventana había
un armario cojo. Tom se acercó a él y lo abrió...

Mientras, Larissa, Adriano y Julia seguían corriendo
calle abajo. Larissa miró hacia atrás en plena carrera.

—Más despacio, chicos; si no, aún se dará por vencido —dijo Larissa, sonriendo burlona.

Los tres Sambistas volvieron a aflojar el paso. El jardinero aún los perseguía, echando sapos a voz en grito. Poco después llegaron a un cruce y torcieron a mano izquierda por la Rua Jardim Botânico. Frente a ellos, la imponente estatua del Cristo Redentor se alzaba sobre la cadena de cerros de la urbe superpoblada.

—¡Oh, no! Se ha parado —advirtió Larissa en su último control visual, por encima del hombro.

—Le falta el aliento —intuyó Adriano.

Por fin el hombre dio media vuelta y se encaminó de nuevo hacia su casa.

5

Indagaciones peligrosas

Tom no pudo encontrar nada en el armario. Había salido ya de la sala de estar y ahora exploraba la minúscula cocina. Una cucaracha se arrastró hacia el rodapié y desapareció por una grieta. En la mesa de la cocina había marcos y flores de todas clases, a las cuales Tom acercó la mirada. ¡Pero entre ellas tampoco había ninguna *Victoria regia*! Seguramente ese era el hobby del jardinero, prensar y enmarcar flores.

El muchacho especulaba: probablemente, también ayer por la tarde el jardinero se entretuvo con sus flores; entonces, una de ellas cayó en su ropa o en uno de sus bolsillos, y es justo esa flor la que perdió en la galería... ¿O habría llegado allí de otra manera? ¿Era todo pura casualidad y Tom y sus amigos estaban equivocados? Tom empezó a abrir cajones y armarios a marchas forzadas. ¡Nada! Enseguida los cerró uno a uno y regresó al pasillo, donde una escalera de madera conducía al piso de arriba. ¿Se atrevería a subir, tendría tiempo suficiente? Pero ahora, una vez allí, no le quedaba otra que arriesgarse.

Así pues, el chico subió la escalera. Topó de nuevo con un corto pasillo, este con dos puertas; una daba al baño, la otra al dormitorio del jardinero. Allí, Tom inició la búsqueda de las botas de fútbol. Miró primero bajo la cama, y descubrió unas cajas de cartón. Enseguida las abrió, una vez más sin resultado. Después, inspeccionó la cómoda: calcetines, calzoncillos y... La respiración se le cortó en seco.

¡En el cajón había una pistola, envuelta en un pañuelo blanco! Y el enmascarado de la galería también llevaba una pistola. Tom palideció. ¡Seguramente él era el ladrón! Pero ¿dónde podían estar las botas mágicas? ¿Las habría escondido el jardinero en otro lugar?

Tom no había registrado a fondo el ropero inclinado. Abrió otra vez la puerta: unas cuantas camisas, una chaqueta, pantalones. En el compartimento de arriba había un montón de camisetas; abajo, varios pares de zapatos.

¿Zapatos?

Tom se arrodilló. Su corazón latía acelerado. Pero allí no había más que viejas zapatillas deportivas y sandalias. Pero, un momento: ¿y eso que veía al fondo?

Tom empezó a hurgar entre los zapatos viejos, no sin esfuerzo. De repente, no podía dar crédito a lo que veía: ¡allí estaban! ¡Las milagrosas botas de Pelé! El chico recordaba aún la foto que se mostró en la rueda de prensa.

Tom no acababa de entenderlo: el ladrón había escondido el botín en su viejo armario ropero, así de sencillo. ¡Increíble!

Tom cogió las botas de Pelé con suma delicadeza, como quien rescata un frágil tesoro. De inmediato corrió hacia la escalera, para salir de la casa cuanto antes. Pero al llegar al primer escalón se detuvo. Oyó un

golpe seco que lo puso en guardia. ¡Alguien había cerrado una puerta!

De pronto le temblaron las piernas.

¡El jardinero había vuelto!

¿Y ahora qué?

Tom decidió esperar arriba. Quizás el tipo entraría en la sala de estar, o en la cocina, y él podría salir a hurtadillas de la casa.

La idea era buena, pero por desgracia no resultó. Porque el jardinero tenía otra intención: ¡subir al dormitorio! El chico oía el ruido de sus pisadas en la escalera de madera.

Tom retrocedió rápidamente y dejó las zapatillas donde las había encontrado. Muerto de miedo, echó un vistazo a su alrededor. ¡Necesitaba un escondite enseguida! ¡La cama!

Tom se echó al suelo y se arrastró por debajo del somier. Y lo hizo justo a tiempo, pues en aquel mismo instante el jardinero entró en la habitación. Murmuraba frases inconexas para sus adentros.

Tom espiaba hacia fuera desde debajo de la cama cuando vio los pies del individuo. ¡Maldita sea, iba directo hacia allí! «¡No irá a echarse una siesta precisamente ahora!», pensó Tom, intentando no respirar. Al momento el colchón se hundió aparatosamente. El jardinero se había tumbado en la cama, y lo tenía justo encima. Tom notó en su espalda una lama de madera del somier, y alargó el cuerpo tanto como pudo.

Miró después a un lado y vio una araña que desfilaba hacia él. Era un ejemplar de tamaño considerable, grueso, negro y con las patas muy largas.

«¡Vete a otra parte!», le imploró Tom en silencio. Pero todo indicaba que el animalito continuaba en sus trece, pues con toda la calma escaló la mano del muchacho y empezó a corretear de un lado a otro. «¡Dios, qué cosquillas!» Por fin, la araña se marchó. Pero el siguiente peligro lo tenía bien cerca, porque a unos dedos de su rostro pendía un pequeño ovillo gris de pelusa y polvo. A Tom le comenzó a picar la nariz.

«¡Oh, no! —pensó horrorizado el muchacho—. ¡Si ahora me da por estornudar, el cuento se ha acabado!»

Luchó con todas sus fuerzas contra aquel picor persistente, y aun sin saber cómo, consiguió dominarse.

El armazón de la cama chirrió sobre su cara. El jardinero debía de haberse levantado. Tom escrutó desde su escondite, y vio cómo el hombre se acercaba a la cómoda y abría el cajón. ¡Ahora tenía la pistola, en la mano!

«¡Dios mío! —pensó Tom—, ¿no habrá cogido el arma al haber advertido, por alguna razón, que yo he entrado en la casa?... ¿Se pondrá a buscarme?»

Los pies del jardinero desaparecieron del campo visual de Tom, que respiró aliviado.

«¡Vete de una vez, vete! —lo alentaba Tom para sus adentros—. ¡Dame la oportunidad de esfumarme de tu hermoso cuchitril, y a poder ser con las botas mágicas en la mano!»

Por desgracia el jardinero tenía otros planes. Abandonó solo un momento el dormitorio y regresó poco después; se sentó de nuevo en la cama y marcó un número de teléfono.

Tom aguzó el oído.

Al principio el chico no captaba a qué se refería el hombre. Pero después ligó cabos y comprendió que hablaba de dinero, de mucho dinero, y que sin duda el interlocutor del jardinero estaba al corriente del golpe.

«¡Hablan de las botas mágicas! —pensó Tom—. ¡Es decir, que por lo menos hay un cómplice! Y quizás este sea el vigilante, que, según dijo, simplemente se había despistado...»

El jardinero colgó el teléfono, fue hacia el armario, sacó las botas milagrosas y las guardó en una discreta bolsa de plástico. Después, salió de la habitación. Tom fue escuchando el crujir de la escalera, hasta que el jardinero llegó otra vez al piso de abajo y se plantó en el pasillo.

Tom salió como un reptil de su polvoriento escondite, se acercó sigilosamente a los escalones y se mantuvo un momento a la espera. Escuchaba atento cualquier ruido procedente del pasillo. De nuevo se oyeron pasos. Después, una puerta se cerró. Tom dio por hecho que el ladrón había abandonado ya la casa. Después bajó los escalones de puntillas, y comprobó que, en efecto, no había nadie abajo. Al llegar al pasillo, Tom advirtió que el jardinero había cerrado los postigos de la ventana que tenía el cristal roto, para protegerse, sin duda, de eventuales ladrones.

Tom aguardó un momento. Después salió de la casa, para seguir al jardinero. Ya en la calle, echó un vistazo alrededor y observó que un hombre se encaminaba cojeando hacia una parada de autobús. En ese instante, una mano se posó en su hombro. Tom se quedó petrificado, volvió la cabeza y vio el rostro de Adriano.

—¡Pareces un fantasma! —le dijo entre risas su amigo, detrás del que aparecieron también Julia y Larissa.

—¡No me deis estos sustos! —gruñó Tom, y señaló después al jardinero—. Aquel es nuestro hombre. Las botas de Pelé las lleva en su bolsa. Además, he averiguado que tiene un cómplice. Acaban de hablar por teléfono, y es posible que ahora mismo hayan quedado los dos. En cualquier caso, tenemos que seguir los pasos del jardinero para saber qué pretende hacer con las botas de Pelé. ¡Y quién sabe si de paso nos conduce al otro criminal!

Un autobús traqueteaba directo hacia la parada, donde esperaban unos cuantos pasajeros. El jardinero estaba en la mitad de la cola.

—¡Rápido! —exclamó Tom, y salió corriendo.

Los primeros pasajeros subieron al autobús, poco después le llegó el turno al jardinero. Y, por fin, también los Sambistas se apretujaron como pudieron en el interior de la antigualla. Allí no cabía ni una aguja, cada centímetro cuadrado estaba ocupado.

Los Sambistas se mantenían de pie en la cola del autobús, como sardinas enlatadas. A su lado, una oronda mujer estaba sentada con una jaula en su regazo, en la que gorjeaba un canario. Dos adolescentes con gafas de sol baratas escuchaban música con sus auriculares, y unos hombres debatían en voz alta sobre la posible alineación de la selección nacional brasileña.

Cada uno tenía una idea distinta acerca de la composición del equipo.

Julia miró hacia delante entre los hombres. El jardinero se encontraba en la zona media del autobús, agarrado a una barra con la mano derecha. Daba la espalda a los Sambistas del Balón.

«Mejor así —pensó la chica—. Pero aunque ese hombre llegara a descubrirnos —reflexionaba aún—, dudo mucho de que me reconociera a mí, a Tom y a Adriano.» A fin de cuentas solo había visto a Larissa.

Con todo, para extremar la precaución, los Sambistas permanecieron ocultos tras los demás pasajeros, y desde allí intentaban no quitar el ojo de encima al ladrón.

El viaje se estaba haciendo largo. Primero habían cruzado el barrio de Lagoa, después Botafogo, con su bonita playa. Y al final el autobús giró a mano derecha.

—¿No vamos hacia el Pan de Azúcar? —susurró Julia.

—Eso parece —respondió Larissa, también en voz baja.

El autobús se paró junto a la estación base del famoso teleférico conocido como O Bondinho, en la plaza General Tibúrcio.

Las puertas del autobús se abrieron y la mayoría de los pasajeros descendieron de él. También el ladrón lo hizo.

Los cuatro amigos lo siguieron con precaución. Montones de turistas, entre ellos numerosos aficionados al fútbol, se arremolinaban en la plaza, que se encontraba al pie de una escarpada ladera. Un viaje en

el *bondinho* era obligado para cualquier visitante de Río.

Una de las grandes cabinas ascendía hacia la primera estación, situada a 226 metros de altura, en la ladera del Morro da Urca, un cerro con una boina verde de exuberante vegetación.

Julia sabía que desde ese lugar era posible ascender hasta la cima del Pan de Azúcar, de 396 metros de altura, en un segundo teleférico. La hermosa forma cónica del monte se alzaba hacia el cielo azul grisáceo de Río.

Los Sambistas se ocultaron tras un grupo de estrepitosos hinchas ingleses, para tratar de analizar la situación.

—¿Qué se le habrá perdido aquí a ese hombre? —reflexionó Tom en voz alta.

—Buena pregunta.

—No hace más que corretear por la plaza, y se mantiene lo más lejos posible de la taquilla —advirtió Larissa, que observaba atenta detrás de los hinchas ingleses.

—Y ahora está mirando el reloj...

—Eso podría indicar que está esperando a alguien —aventuró Adriano—. Quizá se ha citado aquí con su cómplice.

Transcurrieron algunos minutos; después, el grupo de forofos ingleses se disolvió. Todos se encaminaron hacia la estación de base, sin dejar de entonar sus cánticos.

También el jardinero se dirigió hacia allí (fue tras ellos).

—¡Mirad, quiere subir al Pan de Azúcar! —exclamó Tom—. ¡Vamos tras él!

6

¡Salud!

En la cabina del teleférico cabían algo menos de setenta personas. Cuando por fin les llegó el turno a los muchachos, por suerte aún quedaban cuatro plazas libres. Dentro iban igual de apretujados que antes en el autobús.

Los Sambistas se agazaparon en un rincón de la cabina. El jardinero debía encontrarse en la otra punta, pero esta vez no les era posible observarlo porque tenían en medio a los forofos ingleses. Estos habían comenzado a cantar, no lo que se dice bien, pero sí a voz en grito. Tom estuvo en un tris de taparse las orejas. ¡Y ahora encima empezaban a abrir latas de cerveza!

Desesperado, Tom miró a sus amigos. También ellos parecían de todo menos contentos.

El joven dio media vuelta y se dedicó a contemplar el panorama que dejaba atrás la cabina. Con frecuencia había realizado ese mismo viaje, pero siempre, y también en esta ocasión, era algo especial. Tom disfrutaba de las espléndidas vistas con una sonrisa en los labios, y por un momento hasta llegó a olvidarse del ladrón y de las zapatillas mágicas. A su izquierda contemplaba la pequeña Praia Vermelha, con sus numerosas palmeras, abarrotada de bañistas.

Detrás, oculta aún tras una montaña, se encontraba la playa de Copacabana, donde los muchachos solían jugar al fútbol cuando les era posible. Tom pensó entonces en el torneo. ¡Tenían que ganarlo sí o sí!

Tom se concentró nuevamente en el paisaje. Junto a él, varios turistas filmaban el panorama; otros hacían fotos con sus cámaras digitales.

Algo más adelante, una pictórica bahía se extendía junto a las otras dos playas. A mano derecha se encontraban los barrios de Botafogo y Flamengo, con sus playas no menos hermosas bordeadas de palmeras y hoteles. El tráfico discurría por los carriles de las anchas avenidas. Detrás se alzaban plácidas colinas verdes por cuyas laderas se derramaba una auténtica cascada de casas. Allí estaban también los barrios pobres de la ciudad: las favelas.

En un momento dado, el teleférico empezó a oscilar. Y es que los dos tramos del recorrido del *bondinho* carecían de soportes intermedios, y las cabinas se balanceaban ligeramente durante los viajes.

Ese movimiento se acentuaba considerablemente si un cierto número de pasajeros desplazaban su peso corporal de una pierna a otra. Y eso es precisamente lo que hacían los achispados hinchas ingleses, hasta que algunos pasajeros los llamaron enérgicamente al orden.

El teleférico fue reduciendo la velocidad hasta que se detuvo en la estación de Morro da Urca. Todo el mundo tenía que bajar. Los hinchas abandonaron la cabina. Los siguieron los demás pasajeros, entre ellos el jardinero.

—Despacio —advirtió Tom, mientras retenía a sus compañeros. Temía acercarse excesivamente al ladrón. Por nada del mundo este podía advertir que estaba siendo perseguido.

—¡Vamos, Tom, o lo perderemos de vista! —lo apremió Adriano.

Por fin, también los Sambistas abandonaron el teleférico.

—¡Oh, no! ¿Dónde está ese hombre? —gritó Adriano, y volvió la cabeza hasta dar una vuelta completa.

También Tom miró alrededor. Después se mordió el labio inferior. ¡El jardinero se había esfumado! ¡Como si se lo hubiera tragado la tierra! Tom percibió una mirada de reproche de Adriano.

Era normal, la culpa era suya. Y ahora los demás estaban molestos con él...

En cualquier caso, el tipo no podía andar muy lejos. Tom miró una vez más a uno y otro lado. Intuyó que el jardinero se había dirigido a la segunda estación, para desde allí proseguir el viaje hasta la cima del Pan de Azúcar. Como hacían casi todos.

—¡Deprisa! —exclamó Tom, y echó a correr.

Tras descender algunos escalones, los muchachos llegaron a la estación. Enfrente se había vuelto a formar una larga cola, pero el jardinero no estaba entre los que esperaban.

—¡Tiene que haberse quedado en el Morro da Urca! —apuntó Tom. Y añadió con determinación—: ¡Y lo vamos a encontrar!

Pero eso se decía pronto, ya que la visibilidad en aquel paraje, azotado además por un intenso viento, era más bien difusa. El Morro da Urca era una especie de joroba aplanada, parcialmente poblada de vegetación, y sus laderas eran mucho menos escarpadas que las del Pan de Azúcar. En su cima había un teatro con un aforo de hasta mil cien personas, restaurantes y una discoteca, así como tiendas de *souvenirs* y áreas de picnic. Pero sobre todo allí se agolpaban turistas y más turistas.

—Tendríamos que separarnos y formar dos grupos de búsqueda —propuso Tom.

—Buena idea —le secundó Adriano—. Julia y yo buscaremos por las tiendas y restaurantes próximos a las estaciones del teleférico, y tú inspeccionarás las áreas de picnic con Larissa.

Los muchachos se dispersaron.

Tom y Larissa se dirigieron hacia las mesas, con sus bancos respectivos, que ocupaban familias enteras. Llevaban cestas repletas hasta el borde, de las que iban sacando todo tipo de exquisitos manjares: pollo asado, pinchos de pescado y ensalada, pero también pasteles y latas de galletas. Los niños jugaban al pillapilla, o corrían tras una pelota.

Tom volvió a extraviar la mirada. Tenían que localizar de nuevo al jardinero, urgentemente. No era justo que por culpa de él, por su vacilación inicial al salir del teleférico, los demás le hubieran perdido también la pista. ¡Y él solito pensaba arreglarlo!

Pero Larissa fue más rápida.

—¡Lo tienes ahí delante! —susurró a Tom al oído, mientras le daba unas palmaditas en el hombro.

—¿Dónde? —El muchacho miró desconcertado a su alrededor.

Larissa le orientó la cabeza hasta la posición correcta, y ahora también Tom descubrió al ladrón. Se encaminaba hacia un grupo de arbustos, tras los cuales también había mesas y asientos para los visitantes del Morro da Urca, y llevaba la bolsa de plástico en la mano. Los dos chicos se mantenían a una cierta distancia.

Después, el ladrón desapareció tras unos arbustos.

Con la debida precaución, Larissa y Tom se aproximaron a él, y se ocultaron detrás de las plantas. Hacían ver que tomaban el sol, pero obviamente no perdían de vista al jardinero. Este se dirigió a una de las mesas. Sentado tras ella había un hombre con barba descuidada de tres días; llevaba gafas de sol y tenía

a su lado un maletín de aluminio. Las mesas en torno a él estaban vacías.

—Mira, allí hay una botella de champán, o algo parecido —susurró Larissa.

—Sí, y un par de copas... —dijo Tom—. Parece como si quisieran celebrarlo.

El ladrón llegó adonde el tipo de las gafas de sol. Este se levantó, y Tom observó que iba elegantemente vestido. Su traje parecía caro, y en su mano derecha brillaba un objeto. Era un costoso reloj, al que el tipo daba golpecitos con el dedo.

Los dos hombres se estrecharon la mano y tomaron asiento. La bolsa de plástico con las botas de Pelé estaba pegada al jardinero. El barbudo señaló la bote-

lla y llenó las copas. A continuación, los dos iniciaron una conversación.

Los dos amigos escuchaban atentos, pero no lograban entender ni una palabra. Por un lado, el viento allá arriba continuaba soplando con fuerza, y, por otro, los muchachos se encontraban más bien lejos del sospechoso. Pero acercarse más era arriesgarse demasiado.

Larissa y Tom se miraron sin saber muy bien qué hacer.

—¿Quién será el tipo del traje elegante? —preguntó Tom, casi susurrando.

—Quizá quiere comprarle las botas de Pelé al jardinero. Su aspecto es el de un hombre adinerado —puntualizó la chica.

Al rato, el tipo de la barba empujó el maletín hacia su interlocutor. El jardinero abrió el cierre y levantó la tapa para observar el contenido.

—¿Qué hay dentro? ¿Puedes verlo? —preguntó Larissa.

—No —respondió Tom.

El jardinero asintió con la cabeza —parecía satisfecho— y tendió la bolsa con las botas al hombre del traje.

—Está claro: dinero a cambio de las botas de Pelé. ¿Qué os apostáis? —dijo Tom.

Los dos hombres brindaron con las copas de

champán. El jardinero sonrió, y echó un largo trago.

—¿Has observado algo? —preguntó Tom, dos o tres minutos después.

—A decir verdad... no —admitió Larissa.

—El jardinero ha tomado un sorbo, pero el otro no —dijo Tom—. Solo se ha acercado la copa a los labios. Me parece que aún la tiene llena, ¿lo ves?

Larissa se fijó en la copa de champán que estaba frente al hombre del traje. Tom estaba en lo cierto. ¡La copa todavía estaba llena!

De repente el hombre barbudo, que sostenía aún la copa en la mano, sufrió un ataque de tos. Reaccionó con excesivo aparato, torciendo el cuerpo de tal manera que por unos segundos el jardinero solo pudo verle la espalda.

Mientras el hombre seguía tosiendo, casi todo el champán de su copa se derramó al suelo.

—¿Lo ha hecho adrede, o ha sido un simple descuido?

—¿Adrede? ¿Y por qué iba a hacerlo?

—¡Quizá porque ha echado algo en la botella, por ejemplo veneno! —respondió el chico.

El hombre del traje elegante se dirigió de nuevo a su interlocutor. Los dos brindaron por segunda vez, pero únicamente bebió el jardinero.

Transcurrieron diez minutos sin que sucediera nada especial.

Sin embargo, después del segundo vaso, el jardinero se derrumbó sobre la mesa. La cabeza le quedó encima del brazo derecho, y cualquiera que lo viera sin estar al corriente del caso, bien podía pensar que simplemente estaba echando una siesta.

—Lo que yo decía, en el champán había veneno o un potente somnífero —murmuró Tom.

El barbudo se levantó de golpe y agarró la bolsa con las botas de Pelé, así como el pequeño maletín. Después abandonó el lugar precipitadamente. Se dirigía sin duda a la estación del teleférico, donde las cabinas descendían hasta la ciudad. El tipo parecía un auténtico atleta. En cualquier caso, en solo unos segundos se había creado una excesiva distancia entre él y los dos Sambistas.

Tom temió que Larissa y él no llegarían a alcanzar al cómplice. Por eso echó mano de su *smartphone* y llamó a Julia.

—Tenemos al jardinero —gritó excitado—. Pero de él ya nos podemos olvidar.

Está durmiendo.

—¿Qué dices? —le preguntó Julia—. No entiendo ni una palabra.

—Da igual, no hay tiempo para explicaciones. ¿Dónde estáis?

—En la estación donde se sube al Pan de Azúcar. Hemos vuelto a examinar esta zona, porque abajo, donde las tiendas...

Tom la interrumpió:

—Volved enseguida a la primera estación. ¡El criminal va hacia allí!

—Pero ¡¿no estaba durmiendo?! —preguntó Julia irritada.

Tom refunfuñó ligeramente.

—Es que no es el jardinero. Se trata de un tipo con barba que viste muy elegante. Tiene la bolsa con las botas de Pelé, y lleva también un maletín de aluminio. ¡Tenéis que frenarlo como sea!

—¡Está bien, entendido! —se oyó la voz de Julia. Después, terminó la conversación.

—¡Vamos, tras él! —apremió Larissa, y arrancó a correr. Pero, como antes, el delincuente les llevaba una ventaja considerable, y los dos muchachos no conseguían reducirla.

En adelante, todo quedaba en manos de Julia y Adriano.

7

Llueve dinero

Julia y Adriano llegaron a la estación. En los cafés cercanos, numerosos turistas disfrutaban de un refrescante helado o tomaban alguna bebida. Otros estaban con sus hijos en la zona de juegos, viendo a los pequeños columpiarse o tirarse por el tobogán. También un llamado «baño de balones» gozaba de gran aceptación entre los niños. Frente a una fonda, y aprovechando el tirón del Mundial de Fútbol, el astuto dueño había llenado hasta el borde una piscina infantil; pero no de agua vulgar y corriente, sino de pequeñas pelotas de plástico de varios colores. Un niño y una niña, ambos de dos o tres años, jugaban alborozados en el interior de la piscina, chillando como locos mientras se echaban pelotas uno al otro.

Julia se frotó los ojos. El Morro estaba lleno de

gente, seguramente iba a ser complicado reconocer a una persona en concreto, de la cual no poseía más que una vaga descripción.

—¡Allí veo a alguien que corre! —distinguió entonces Adriano—. Viene hacia donde estamos. ¡Y algo más atrás están Tom y Larissa!

—Seguro que es nuestro hombre. ¡Lleva una cosa en cada mano! —exclamó Julia.

El hombre se iba aproximando.

—Y si no me equivoco, lo que lleva es una bolsa y un maletín —precisó la muchacha.

—¡Bingo! ¡Ahora se trata de frenarlo como sea! —dijo Adriano con firmeza.

¿Debían interponerse en su camino, así por las buenas?, reflexionaba Julia. Estaba hecha un mar de dudas. ¿Y si el tipo iba armado?... No podían correr ese riesgo. ¡Pero tampoco podían dejar que se largara sin más ni más!

Julia optó por dirigirse a un adulto cualquiera para pedirle ayuda.

—¡Aquel hombre ha robado las botas de Pelé! ¡Tenemos que detenerlo!

Pero el primer interpelado no la entendió, porque era japonés, y el siguiente, que con toda certeza no tenía idea de fútbol, se limitó a mirarla con ojos de besugo.

—¿Y quién es ese Pelle?

—Esto no tiene sentido —gimió Julia—. ¡Tendremos que resolverlo nosotros solos!

—Pero ¿cómo?

En ese momento, uno de los niños chilló de puro placer en la piscina, y a Julia le vino una idea.

—¡Adriano, te necesito ahora mismo! —pidió a su compañero, y en unos segundos le confió su plan.

El criminal se encontraba a solo unos veinte metros de ellos. Se dirigía a la entrada de la estación.

Adriano se metió en la piscina infantil, caminando a trompicones, agarró primero al niño, después a la niña, y los sacó afuera.

Los pequeños protestaron ruidosamente, chillando y berreando por los descosidos. Enseguida un tipo fornido y una mujer con los ojos enrojecidos de rabia se abalanzaron sobre el Sambista que había osado incordiar a sus retoños.

Por un momento, Julia dejó a su pobre amigo abandonado a su suerte, y agarró el borde de la piscina infantil.

El criminal se acercaba. Ya solo estaba a diez metros, a cinco...

«¡Ahora!», se dijo Julia, y levantó la piscina por uno de los lados.

Cientos de pelotas de colores se desparramaron por el camino, justo a los pies del delincuente que venía de frente.

El hombre no consiguió frenar a tiempo, pisó las primeras bolas y en el acto perdió el equilibrio. Desesperado, empezó a menear los brazos como si fueran dos remos —se diría que bailaba al son de un ritmo extraño—, y se deslizó al lado de Julia como

un surfista sobre una ola plana. Pero en aquella superficie traidora, bien poco pudo hacer: su cuerpo se inclinó hacia atrás y en menos de un suspiro se vio patinando de bruces por los suelos. Con la caída perdió la bolsa, y también el maletín. Cuando este chocó contra el suelo, los dos cierres saltaron de golpe.

En aquel mismo instante, en el Morro da Urca comenzó a llover. Pero lo que caía del cielo no eran gotas de agua, sino billetes. ¡Billetes de banco! ¡El maletín, ciertamente, estaba lleno de dinero! El viento barrió los billetes y los esparció en todas las direcciones. De todos lados llegaba gente a la carrera y recogía billetes del suelo.

Nadie se preocupaba del delincuente, que comenzaba a incorporarse a duras penas, con el rostro desfigurado por el dolor.

También Tom y Larissa llegaron al lugar. El chico se lanzó sobre la bolsa como un portero al balón.

—¡Ya la tengo! —gritó complacido.

—¡No, eso es mío! —espetó el hombre, y se abalanzó sobre Tom.

—¡Bobadas! —bramó el joven, que contaba ya con el apoyo de Julia y Larissa.

Entre los tres defendían la bolsa con su valioso contenido.

El tipo de la barba agarró a Tom por la camisa y lo levantó como si fuera un muñeco. Sin pensárselo más,

Julia le propinó un certero puntapié en plena rodilla. El hombre lanzó un aullido y soltó a Tom, para dirigirse a la chica. Sus ojos encendidos daban miedo.

Julia retrocedió de un salto y vio cómo su amiga Larissa estrellaba una pelota de plástico en la cabeza del hombre. El impacto no le dolió en exceso, pero fue suficiente para que el individuo dejara en paz a Julia. De nuevo se precipitó sobre Tom, y esta vez consiguió arrebatarle la bolsa con las botas mágicas.

—¡Adriano! —gritó Tom. Adriano era el más fuerte de los cuatro, y sin duda ahora le sería de gran ayuda. Pero su amigo aún estaba ocupado intentando tranquilizar a los padres.

También el dueño de la fonda hizo acto de presencia.

—¿Por qué habéis volcado la piscina? ¿Estáis sonados? —resopló, mirando a los Sambistas; después se arremangó y apretó los puños, que recordaban un martillo de dos manos.

—¡Estos niños me acaban de robar! —gritó el hombre del traje.

—¿Qué? ¿Encima eso? —exclamó furioso el dueño del local.

—¡No, pero qué estupidez! —se defendió Tom—. Es justo al revés. ¡El auténtico ladrón es este señor! —Señaló al hombre con barba de tres días—. Él ha robado las botas...

—¡Cállate! —gritó el delincuente, y se dirigió al muchacho con gesto amenazador. En ese momento, Julia se acercó sigilosamente al hombre por la espalda, y le arrebató la bolsa.

Sin perder un segundo, sacó las botas mágicas de la bolsa.

—¿Lo ven? —exclamó Julia, mirando a los presentes, todos ellos con fajos de billetes en las manos—. Estas son las botas de Pelé, las que calzó al conquistar su último título mundial, en 1970. ¡Son el amuleto de nuestra selección nacional!

El dueño de la fonda y unos cuantos hombres se acercaron a la bolsa y examinaron detenidamente las viejas zapatillas.

—La niña tiene razón —susurró el dueño, en tono reverencial—. Son...

—¡No soy una niña! —le aclaró Julia.

—¿Qué? Ah, ya... claro. ¡Pero realmente son las famosas botas de Pelé! Fueron robadas, ¿verdad? Lo escuché hoy en la radio.

Y también la televisión y los periódicos recogían la noticia.

Un murmullo de asentimiento se hizo cada vez más audible.

—¡Exacto! —gritaron los Sambistas del Balón—. ¡Y este tipo es el autor del robo!

El hombre esbozó una sonrisa artificial.

—Todo es pura invención, estos niños tienen una fantasía desbordante, son un encanto. Pero por desgracia tengo que irme ya. No se lo tomen a mal.

—¡Alto! ¡Un momento! —gruñó el dueño—. Explique primero qué hacía usted con esas botas.

—No tengo por qué darle explicaciones —replicó el hombre, mirándolo de arriba abajo.

—¿Ah, no? —preguntó el dueño del local en tono amenazador, manteniendo sus enormes puños bajo la nariz del hombre del traje.

El criminal miró nervioso a su alrededor. Todos lo miraban recelosos y con cara de pocos amigos.

—Desembucha de una vez, o vas a tener problemas —prosiguió el dueño de la fonda.

—Está bien, está bien... —dijo enseguida el delincuente—. Yo encargué robar las botas.

El fornido hostelero soltó una carcajada.

—¿Que las encargó robar? Por lo visto al señorito no le gusta mancharse las manos...

—Pero lo que dice es cierto —intervino Tom—. Un jardinero que trabaja en el jardín botánico robó las botas.

El criminal miró desconcertado al joven.

—¿Y tú cómo...?

El muchacho relató cómo había encontrado las zapatillas mágicas en casa del jardinero, después de que sus amigos lo atrajeran fuera del edificio.

Mientras el chico se explicaba, el criminal se iba derrumbando.

—Su cómplice está echando la siesta en el área de picnic. Por efecto de un narcótico.

—Ya es hora de que avisemos a la policía —dijo el dueño, mientras se sacaba el móvil del bolsillo.

—Pero ¿por qué lo hizo? —preguntó Julia al delincuente cuando el dueño de la fonda concluyó su breve conversación telefónica.

El tipo soltó un prolongado suspiro.

—Yo soy Rui, el hijo de Miguel Cuto... —le explicó.

—¡El famoso capo de la mafia! —exclamó horrorizado el hostelero.

Rui Cuto arrugó el rostro como si le dolieran las muelas.

—Mi padre era un hombre de negocios —le corrigió.

—¡No diga tonterías! ¡Su padre ganó millones a base de drogas y de extorsiones hasta el día de su muerte! —le espetó furioso el hostelero.

El criminal se hizo el sordo.

—Mi padre me legó su fortuna, y yo me convertí en un coleccionista acérrimo. Espadas nobles de la época de los samuráis, por ejemplo. O coches... Tengo un Lamborghini Aventador J, del que solo se fabricó una unidad. Pero, por encima de todo, me apasioné por los objetos relacionados con el fútbol. Y también en esta parcela quise tener algo singular. ¡Y qué mejor que las botas de Pelé! Pero yo no soy un ladrón. Para eso necesitaba un profesional...

—¡Y aquí es donde aparece el jardinero! —sentenció Larissa.

—Exacto —le confirmó Cuto—. Ese hombre complementa su sueldo en el jardín botánico, a todas luces escaso, cometiendo atracos. También aceptó mi encargo, pero después de su incursión en el museo no me trajo las botas de Pelé, tal como habíamos acordado. Se dedicó a jugar al póquer, y me pidió más dinero. ¡El muy miserable! Exigía un millón de reales. Y yo acepté. ¿Qué otro remedio me quedaba?

Tom asintió.

—Y la entrega debía realizarse hoy y aquí. Por eso usted llevaba el maletín con el dinero.

—Exacto. Porque el jardinero temía que si nos citábamos en un lugar apartado, yo pudiera tenderle una trampa. Por eso prefirió un escenario especialmente concurrido: el Morro da Urca. —Cuto esbozó una sonrisa amarga—. Pero yo no estaba dispuesto a ceder a su chantaje, así que llevé conmigo una botella de champán. ¡Y esta mañana manipulé la bebida con un potente somnífero!

El hostelero dio unos golpecitos con el dedo en el pecho de Cuto.

—Usted no es ni una pizca mejor que su padre —le dijo con desprecio—. De tal palo tal astilla. Ah, ahí viene la policía.

Los agentes se informaron brevemente de lo ocurrido; después, detuvieron a Cuto. También el jardinero fue conducido a comisaría, tras ser despertado bruscamente de su profundo sueño. Uno de los policías prometió a los Sambistas devolver las zapatillas a la galería de inmediato.

—Voy a llamar a mi padre, ni se imagina la sorpre-

sa que le espera —exclamó Julia, radiante, y marcó el
número.

Después, los Sambistas se dirigieron a la estación
del teleférico. De camino pasaron junto a la piscina de
pelotas, que estaba otra vez llena. Los dos niños jugaban de nuevo en su interior, felices y contentos.

8

La gran final

Como cada día, la playa de Copacabana estaba abarrotada. Hoy, sin embargo, una multitud se había concentrado en un espacio concreto: el lugar donde los Sambistas del Balón jugaban al fútbol casi a diario. Pero esta vez no se trataba de un simple partidillo de entrenamiento, sino de la final del torneo alevín. También los padres de Tom y los padres de Julia se hallaban entre los espectadores. En el quiosco cercano se despachaban grandes cantidades de refrescos. La copa, lustrosa y reluciente, estaba expuesta en un estante, al alcance de la mano, al lado de un mostrador con chucherías.

Sonó un silbato: ¡comenzaba la gran final! El saque inicial correspondió a los rivales de los Sambistas del Balón, llamados los Trileros.

Tom, como de costumbre, ocupó su posición en la banda izquierda, Julia se situó a la derecha y Adriano en medio de ambos. Larissa estaba bastante más retirada, a solo unos metros de su portería. Uno de los Trileros avanzó decididamente con el balón en los pies, hizo una finta y dejó atrás a Julia. Pero esta reaccionó en el acto, corrió en pos del muchacho y le tiró de la camiseta, con intención de desequilibrar su carrera. El Trilero cayó al suelo, no sin echarle teatro, y sonó un segundo silbato: falta.

—Blandengue... —dijo Julia entre dientes.

El Trilero hizo un gesto con la mano para mandarla a paseo, se levantó de un brinco y ejecutó el tiro libre. Y lo hizo tan deprisa que sorprendió a los Sambistas del Balón ordenando aún la defensa. El marcador reflejó el 1-0 favorable al rival.

—¡Maldita sea! —soltó Tom.

Correspondía a Larissa sacar de centro. Todos daban por hecho que iba a pasar el balón; bien a la banda de Tom, bien a la de Julia, o acaso hacia el centro, donde Adriano intentaría mantenerse desmarcado. Y de hecho Larissa amagó el pase un par de veces, pero a la tercera echó a correr, avanzó unos metros y de una rosca imparable clavó el cuero en la portería de los Trileros.

—¡Bravo! —celebraron sus compañeros.

El partido prosiguió en la misma tónica: ahora atacaban los Sambistas, después respondían los Trileros.

Los espectadores participaban con entusiasmo. Segundos antes del final del encuentro atacaban los Sambistas, pero sonó el pitido final, y hubieron de contentarse con un empate a seis. Pedro, que se implicaba en cuerpo y alma en cada partido, por poco pierde los nervios.

Los Sambistas no podían ocultar su decepción.

—Penaltis —anunció el árbitro.

«¡Oh, no, va a ser una lotería!», presintió Tom, y dio una palmada en el hombro a Larissa.

—Vuelve a la portería, y enséñales quién eres.

—Claro —dijo sin más la chica.

Pero el primer lanzamiento no consiguió detenerlo, fue un chut bastante colocado.

Adriano transformó su penalti con serenidad, igualando el marcador. Lanzaron de nuevo los Trileros: un chut raso. Larissa casi alcanza el balón, pero solo casi... De nuevo los Sambistas perdían por un gol.

Al cabo de tres lanzamientos, se mantenía el empate entre los dos equipos. Por parte de los Sambistas, después de Adriano anotaron también Larissa y Julia.

Llegó el turno del cuarto Trilero. Era el que antes había montado el gran *show* tras la inofensiva falta de Julia.

—A ese se la tienes que parar —susurró Julia a su amiga.

—Lo haré —prometió Larissa, sonriendo burlona.

¡Y así fue! Con la punta de los dedos, desvió el balón por encima del larguero. El júbilo estalló.

Los Sambistas animaron a su último lanzador.

—¡Vamos, Tom, mete esa y la copa ya es nuestra!

Tom se concentró. Intentaba fijarse en el muchacho que aguardaba atento entre los palos. Pero Tom veía también a sus compañeros, a los numerosos espectadores y a sus padres; y también al dueño del quiosco, que tenía ya la copa en la mano.

Y de repente, allí había alguien más, al lado mismo de Pedro.

Tom se frotó los ojos. Estupefacto, miró fijamente al hombre que lo saludaba con los dos pulgares levantados.

¡No era otro que el mismísimo Pelé! ¡Él, el gran Pelé, presenciando el torneo de los Sambistas del Balón! ¡Increíble! La gente se agolpó a su alrededor para pedirle autógrafos, pero Pelé solo movía la cabeza a ambos lados, tratando de excusarse, mientras señalaba a Tom con el dedo.

El ídolo mundial dedicó un gesto cómplice al muchacho.

De repente, Tom se sintió terriblemente ligero, y también seguro. Tomó carrerilla, cinco pasos, simuló pegarle fuerte, pero después elevó el balón con elegancia por encima del portero, y lo coló por la escuadra.

¡Goool! ¡Victoria!

Adriano, Larissa y Julia aclamaron a su amigo. Los espectadores gritaban y aplaudían, mientras los derrotados felicitaban deportivamente a sus rivales.

Después, llegó el gran momento: la entrega del trofeo. ¡Pero no lo iba a hacer el dueño del quiosco, sino Pelé en persona!

El astro guiñó un ojo a los Sambistas del Balón.

—Es lo mínimo que podía hacer, después de que recuperarais mis viejas botas. Son el amuleto de la suerte de nuestra selección, y seguro que esta tarde ganamos. Por cierto, ¿os apetece ver el partido conmigo? En mi tribuna aún debe quedar sitio para los cuatro...

—¡Por supuesto! —exclamaron a coro los Sambistas del Balón.

Pelé, el Rey

Pelé, a quien muchos consideran el mejor futbolista de todos los tiempos, no se llama en realidad Pelé, sino Edison Arantes do Nascimento. Pero muchos astros brasileños adoptan «nombres artísticos», o son conocidos por un apodo. Así, el famoso centrocampista Kaka se llama Ricardo Izecson dos Santos Leite; y Hulk, otro gran goleador brasileño, es en realidad Givanildo Vieira de Souza. El sobrenombre de Hulk se lo pusieron sus compañeros de equipo del Tokio, de la liga japonesa, debido a su físico arrollador y a la camiseta verde que lucía entonces.

Pero ¿por qué Pelé se llama Pelé? La estrella nació el 23 de octubre de 1940 en un barrio pobre llamado Três Corações, en el estado de Minas Gerais, al sudeste del país. Su madre trabajaba como mujer de la limpieza, y su padre era un futbolista que no llegó a triunfar. Pelé, por lo tanto, creció en condiciones muy humildes. Intentaba ganar algún dinero haciendo de limpiabotas o vendiendo frutos secos.

Desde muy niño comenzó a apasionarse por el fútbol, y solía acudir a los partidos que jugaba su padre. Pelé admiraba de manera especial al portero que jugaba en el equipo de su padre: Bilé. Y como imitaba continuamente a su gran ídolo, pronto fue apodado Pelé, que era el nombre adaptado del portero. Al muchacho entonces no le hizo mucha gracia, según se cuenta, pero se quedó para siempre con el mote.

Pelé entrenaba disciplinadamente, y pronto evidenció sus grandes dotes futbolísticas. Waldemar de Brito, un antiguo delantero internacional de Brasil (18 partidos, 18 goles), se considera el auténtico descubridor del talento del siglo.

Con solo quince años, Pelé inició su carrera profesional en el FC Santos, y se mantuvo fiel a sus colores hasta 1974. Estando en sus filas ganó la Copa Mundial de 1962, y jugó en el club 1.114 partidos, marcando la friolera de 1.088 goles. Su gol número mil lo consiguió de penalti el 19 de noviembre de 1969 en el estadio de Maracaná, en Río de Janeiro. Después del gol, el partido se suspendió durante once minutos para que los compañeros de equipo de Pelé pudieran pasearlo a hombros, tras haberle entregado una camiseta con el dorsal número mil. El país entero se rindió a sus pies, en todos los rincones de Brasil resonaron campanas y se imprimió un sello especial que mostraba la imagen triunfante del jugador. El jefe de Estado de la época, Emílio Garrastazu Médici, decretó un día festivo para celebrar la hazaña.

El que se considera su mejor gol, lo marcó en 1961 contra el Club Fluminense de Río de Janeiro: Pelé arrancó desde su propia área, dribló a siete rivales y al portero, para después introducir el balón en la portería. ¡La televisión brasileña mostró el gol durante un año entero!

Después de su época en el FC Santos, la gran estrella, de solo 1,73 de estatura, conocido respetuosamente como «O Rei», se trasladó en 1977 a Estados Unidos, donde jugó en el Cosmos de Nueva York.

Y Pelé, claro está, fue también internacional. A los dieciséis años jugó su primer encuentro con la selección nacional de Brasil, la «Seleção». Ya en su primer Mundial, celebrado en Suecia en 1958, Pelé, que tenía entonces diecisiete años, consiguió su primer título, convirtiéndose en el campeón del mundo más joven de todos los tiempos. En la final contra Suecia, que Brasil ganó por cinco a dos, Pelé marcó dos goles (minutos 55 y 90), el primero de los cuales se considera uno de los más hermosos de la historia: Pelé recibió un pase alto, elevó el balón con el muslo por encima de la defensa y lo estrelló en la red. También en 1962 y en 1970, el delantero fue campeón del mundo. Con ello, Pelé es el único jugador que ha obtenido tres títulos mundiales. Siempre fue un goleador nato. En sus 92 partidos con la Seleção marcó 77 goles, y ocupa el quinto lugar en la lista de goleadores de los campeonatos del mundo.

Pelé ha merecido numerosas distinciones. Así, fue elegido mejor futbolista del siglo pasado por la FIFA, y también el Comité Olímpico Internacional lo nombró mejor deportista del siglo.

Pero ¿qué hacía a Pelé tan especial, qué lo distinguía de los demás jugadores? Además de ser el rey del regate poseía una técnica extraordinaria, una gran movilidad y una velocidad explosiva. Entre otras cosas, podía chutar con ambos pies, y a menudo marcaba también de cabeza. Además, Pelé era un jugador con «olfato»: adivinaba la intención del jugador rival, y así conseguía burlarlo.

Al acabar su carrera como jugador, Pelé intentó probar suerte como empresario, pero no llegó a triunfar, ya que sus falsos «amigos» (algunos de ellos delincuentes) malversaron su fortuna. Gracias a algunos lucrativos contratos publicitarios, el archiadmirado Pelé consiguió levantar cabeza también desde el punto de vista económico. En la Copa Mundial de Sudáfrica de 2010 presentó su propia marca de zapatillas deportivas, bautizada como Pelé Sports.

También hizo sus pinitos en el mundo de la política y del cine. Pelé fue ministro del Deporte de Brasil entre 1995 y 1998, y en 1981 intervino en la película *Evasión o victoria*, al lado de reconocidas estrellas como Michael Caine, Sylvester Stallone y Max von Sydow, entre otros.

Pelé se casó dos veces y tiene siete hijos.

Otros libros de la colección

Terror en el estadio

Fabian Lenk

El estadio Maracaná, en Río de Janeiro, está siendo
reformado con motivo del Mundial, y su capacidad
ha sido ampliada hasta las noventa mil localidades.
Las obras se han visto salpicadas por chapuzas en la
construcción y por episodios de corrupción. Precisamente, poco antes de la vistosa ceremonia inaugural
se reciben extrañas amenazas de un desconocido y en
el estadio tienen lugar diversas explosiones. Los Sambistas del Balón deciden seguirle la pista y comienzan
a investigar. Una vez que poseen indicios fundados de
que el autor pretende sabotear la Copa, los cuatro
amigos se emplean a fondo para frustrar los planes del
extorsionador.

El secuestro del delantero

Fabian Lenk

Pocos días antes del partido de cuartos de final, Julia y Tom tienen ocasión de ver entrenar a sus ídolos en el Maracaná. Cuando Cefú, el crack de la delantera, accede a concederles una entrevista, los dos Sambistas del Balón no pueden disimular su alegría. Pero su buen humor se va al traste, pues en plena conversación dos hombres enmascarados irrumpen en el vestuario y, tras un forcejeo, secuestran a Cefú. Julia y Tom están desconcertados y temen por la vida del futbolista. ¿Quién puede estar detrás del secuestro? El tiempo pasa y los Sambistas del Balón siguen sin sacar nada en claro, hasta que los hechos se precipitan vertiginosamente y también sus vidas empiezan a correr peligro.